コールドスリープ

小川三郎

思潮社

コールドスリープ

小川三郎

思潮社

名乗りそびれたものたちのこと

ベンチに雪が積もります。
その雪をベッドにしようというのですから、
やはり子供たちの気は知れないものです。
川べりにあるベンチですから、
風がびゅうびゅうと吹きつけます。

そんなベンチに彼らは並んで寝転がり、
透き通った雲に覆われた空を見上げ、
何がおかしいのか、
笑ってばかりいます。
そんな姿を見ていると、
もとより私たちに理由などなかったのだなあ、
という気になります。
風が吹いてきただけで、彼らは笑うのです。
それがいくら厳しくても、
そこに悪意さえなければ、

彼らは笑っていられるのです。

私は一人の子供の手を取って、
自分の手のひらと合わせてみました。
するとその大きさは、私とちっとも変わりませんでした。
それどころか、
私の手をすっと握りこんで、
絶対的な力で私を閉ざしてしまいました。
一体そんなことをして、
これからどうしようというのでしょう。
私がいなければ実際彼らは、
ここから家へ帰ることもできないというのに。
他の子供たちはそれを見て、
弾けるように笑っています。
男の子も女の子も、
川面に風が小波を起こすように。

私はどんどん小さくなってしまいます。
それは眠りとは違い、
やがて消えてしまう予感すらします。
しかし子供たちに本気で抗議するなど、
大人気ないではありませんか。
私は雪の積もったベンチの脇で、
どんどん小さくなって閉じることを考えます。
するとしかしなぜだか、
心に小さなランプが灯ったような、
そんな気がするのです。
深い深い、
絶望的に終わらぬ夜に灯った、
暖かいランプのような。

閉じていきながらふと地面に目をやると、
割れた雪の合間に小さな、
春の芽が顔を出しています。
つるつるの茎、つるつるの肌、
子供たちはそれを見ても笑うのです。
まるで全ての色は、自分たちが決めているというかのように。
しかし考えてみれば、
今年の雪は去年の雪とは少し色が違うようですし、
川が渦を巻く音もまた、
聞き慣れたものとは別のようです。

子供たちも私も、空や川や雪だって、
所詮は見て楽しむために作られたものであって、
海のように子孫を残すことはできません。
悪意はないにせよ、存在すなわち破壊であるという意味においては、
みんな同罪なのです。

ただ子供たちは子供たちらしく、暗いこの家を飛び出して、
外へ行こうとしているのでしょう。
その分だけ、子供たちは罪が重い。

子供たちが、笑い続けるものだから、降りしきる雪はもう、
桜と見分けがつきません。
そのようにして子供たちは、
冬と春の境目に爪を立て、
そこからぺりぺりと剥がしてみたり、
秒読みを始めたりするのです。
子供たちに理由など必要ない。
だから私の心には、小さなランプが灯っています。
しかし大人の義務として、今日が完全に閉じてしまわないうちに、
彼らにこの雪の上に、足跡をつけさせなければならない。

空は歪んで、とうとう大きくバランスを崩し、
子供たちの肌に直接触れるべく手を伸ばしはじめました。
雲一面にひまわりとりんどうが咲き乱れ、
風は濁流となって世界を押し流していきます。
私は必死で春の芽の色にしがみつき、
自分の罪の重さを恥じて、なのに彼らは寝転がったまま、
雪に埋もれて笑ってばかり、
いつまでもいつまでも、
起き上がろうとしない。
ええ、
子供たちにしてみれば、
まだ午前中なのです。

夏断層

匂いくらいは
いいものを用意しましたと
虫が言う。
得意そうに言う。
そういえば夏
虫はやんわり背中を向けて
ひまわりにとまっていた。
羽を細かく震わせて
匂いを方々に送っていた。
どうですどうです
みんな亡びるのだから
これくらいはね、と虫は言う。
亡びていいのは自分らだけで
こっちは夏が過ぎたところで
全部覚えてなくちゃいけない。
ひまわりも虫も一度きりだが
こっちは何度も行ったり来たりで

そのくせみんな覚えているから
来るたび
夏は煮詰まっていく。
顔とか
いろいろのしかかる。
ああ、だからさ
匂いくらいはいいものを
用意しておいたから頼むよと
虫はしれっと言う。
ああそうか。
頼まれていたのか。
どうりで夏は
毎年やたらと忙しかった。
宿題にも手をつけられずに
町や野原を
あちこち飛んで歩いていた。
夏はいまでも

他人のために生きている。
行ったり来たりを繰り返し
意味にはしっかり鍵をかけられ
忘れないのは匂いだけだ。
何百種類も
でもそれだけで
好きなところへいけるのだからと
虫はこともなげに言う。

老人

ぼくたちはもうほんとに
死ぬために生まれてきて
乳房のことなんかを考えている。
生まれつきの木乃伊《ミイラ》である心は
しっとりと濡れた異変を常に求めている。

花盛りの午後
造花の優しさに体を浸し
生きるなという言葉を考察した。
ニクロム線の花束を抱え
祝福を今日のこの日に
ぴったりと合わせる。
見えなくなるほど今日は細い線になり
時間は誠実に貫ぬかれた。

一日に一度しかないその瞬間
雨が激しく降ってぼくたちは無表情だ。
そんな小さな変化のために
一晩中意見を交わした。
あなたは下着を下ろして私の前に立っていた。
それは変化ではない。
そこから始まる幸福と不幸を
ひとつの物語としたい。

奇妙な写真が撮れたので送ります。
そこではもうみんな
この世のものではなくなってしまって
一通りのことを忘れてしまったようです。
顔のない双子の写真もあります。
ぼくたちは好奇心に苛まれ
もはや動物じみていた。

死を求めたと思ったら
死とは別の死を求めたり。
ある爆発から生まれた
その場限りの完全体としての
まっくろな蝶とか。

世界にぼろぼろにされてこいとあなたは言った。
それはあなたにして欲しかったのに
くだらない傷だとあなたは言うが
それはとても根が深いのだ。
その奥では既に私もあなたも知らないものが
生まれつつあるのだ。
それは私たちを食い尽くし
ただ欲望として大地に刺さり
海だ、海が必要だ、
消え去る前に

みんなが眠ってしまう前に。

十字架のような明るさの下でさえ
血まみれだった人たち。
そんな奇妙な眺めもあります。
私は知らない場所の土を踏みしめ
涎にまみれて春風に吹かれながら
枯れ落ちた花に如雨露で水をやっている。
やがて滝のような墨汁が降りぼくたちを
元の色に返すまで。

世界の果て

戦争へいこう。
どこまでも戦争へ行こう。
もう帰ってこなくてもよくなくなるまで。
遙か遙か遠くまで
胸を張って戦争に行こう。

全財産をはたき
必要なものを買い揃え
地下鉄に乗って終点まで行き
階段を昇って地上に出て
そこから何処までも歩いて
戦争へいこう。
みんなでいこう。
もう帰らなくてもよくなくなるまで。

みんな本当にかっこよくなれる。
本当の兵隊みたいに。
弾丸飛び交う戦場を颯爽と駆け
敵に狙いをつけ無線機で交信し
止まることなく前進する。
見上げる空は血の真似をして真っ赤に染まり
どの空にも繋がっていない。
そんな空の下、世界の果てまでも前進しよう。
戦争へいこう。

このゆるぎない世界は華やかで
とても滑舌がいい。
だから行こう。
迷わず行こう。
地球は銀河の中心に向かって進んでいる。
思い残すことはなにもない。

誰もが素晴らしい思い出を抱え
愛するひとの身体を抱きしめている。

戦車が疾走し、戦闘機が飛び交うなか
いままで誰も行かなかった土地を目指して
迷わず進もう。

全ての人が死に絶えるまで
戦争が終わることはない。
全ての網膜に焼きつくまで
戦争が終わることはない。
質問は既に尽きた。
あとはただ
前進するのみ。

そして

死が軽やかに宙を舞い
無人の地球を歌っている
世界の果てへと辿りつ いたら
もう大丈夫だから、そこで
人間の価値を決めよう。

過去

なにもないんですねえ
あなたの部屋には。

ええ、夕暮れしかありません。
夕暮れになれば

美しかった桜も
なくなってしまう。
遠くから流れてくる音楽は
タイトルが思い出せませんから
なくなってしまう。

誰の記憶だか知りませんが
そんなものが

床のあちこちに転がっていて
拾い上げて目を凝らしても
それは私の記憶ではなく
だから
なくなってしまう。

私の部屋には
なんにもないのです。

たぬき

たぬきに旅立ちを見送られる、たぬきは、
仏様なのだという、そう祖母がいう。
祖母もまた、たぬきなのである。
笑いかたとか怒りかたが、そうなのである。
あちらこちらにさりげなくたぬきはいて、
なにかと私に声をかける。

きつねは声をかけてこない。
それどころか見掛けもしない。
だけど必ずいるそうだ。
どちらがどれだけずるいのか知らない。
いたちやねずみに比べれば、
大してずるくないのかもしれない。

私の笑いかたも時折たぬきになる。

宇宙のことが頭の片隅にあると、
そうなるのである。
別に宇宙に行きたいわけではない、宇宙は、
街のあちこちにあって、私が思うのはそちらである。
古来よりたぬきは、
宇宙を造るのが得意だったから、
私もそこでは身が軽くなる。
笑いかたもたぬきになる。

きつねはもっと現実主義だな、
あれは踊りがうまいに過ぎない。
それもかなり羨ましいけど。
踊りというのは嘘だから、嘘は嫌いじゃないけれど、
たぬきは嘘をつかないんだ。
ただ、宇宙の話を、
しているだけ。

祖母も嘘はつかなかった。
両親や姉はたぬきじゃなかった。
彼らは私が嘘つきだというが、
どのみち彼らカラスだから、
とうてい分かり合えなどしない。

水面に映った自分の顔を、
見つめてしばらくぼんやりとする。
たぬきだから、実物よりもこっちがすてきだ。
自然と半分半分がすてきだ。
そうして化けて、昔はいい思いをしたという。
そういう業は、今ではすっかりなくなったけれど、
街中で私には名前がない、たぬきだ。
アイスクリームと宇宙が好きだ。

呪文を唱えて長生きする。
祖母はもう２００歳、
私ももう、１２０歳。
両親よりも年上になった。

カラスはごみばかり食べているから、
たくましいけど寿命が短い。
綺麗な服はたぬきに任せろ。
きつねほどじゃないけれど。
かわいい女もたぬきに任せろ。
行列をするのはいたちが得意だ。
たばこをゆっくりくゆらす姿は、
やっぱりたぬきが、
さまになる。

雪だるま

いくら渡せば
その雪を私にくれますか。

ふたつぶんの雪だるまが作れるだけの雪を、
私は金を出してでも求めたい。
図体は小さくても、目鼻口が簡単にでもついている、
雪だるまをふたつ作りたい、そうすれば、きっと、
ここと、ここではないどこかとの、
区別がちゃんと、つくと思うのですよ。

私の手で作るのです。
手袋なんかしないで、素手で、あかぎれをつくりながら、
ふたつの雪だるまを私の手でこさえ、
ひとの通らないこの路地裏に、並べたい。
ここは、ここではないどこかとはちがうことの、

証明として。

私の作る雪だるまは、きっと無表情だろうけど、
何かを主張するわけでも、ひとにささやかな幸福を与えるわけでもないけれど、
確かにそれはふたつあって、なによりもそれは、雪だるまであって、
明日には溶ける運命を、何より確かに持っている。
何も成せないまま、あるいは誰の目にも、触れないまま、
溶けてしまう運命だけを持って、生まれてくる、雪だるま、ふたつの雪だるま。
それがいまここにいる私には、絶対的に必要なのだ。

雪だるま、雪だるま、雪だるま、と唱えつつ雪は、
夜気に乗って舞い降りて、降り積もり、
ここと、ここではないどこかに、降り積もり、
視界という視界の全てを、白く埋め尽くしていく。
そして朝日がさすその瞬間、ここに、雪だるまがあるか否かで、

決まることがある。

なのに雪は、既に誰かに握られていて、この世の全ての雪は、
誰かに許しを乞わなくては、触れることすら許されない。
どんな約束も守らずに来た私など、
一握りの雪にさえ恵まれず、手はかじかまず、
長い長い寿命が、今日もどんより襲い掛かっている。

それはそれでいいのだけれど、
あなたと共に見る悪夢を、わななく夜空に向かって、
大の字に広げたい、儚いとはいえ、
終わることを考えるのは、人間だけですから、
そういう習性なんです、生まれつきの。
だから嫌われるのですが、私の心もひとの形を、
保っているのも限界らしくて、

腕が上がらなくなってきている。

だから、全財産を持っていってくれても構わない、
その雪を私にくれないか。
誰かのために、雪だるまを作る覚悟でかき集めたその雪を、
全部、私に。

顔

川にテレビを捨てに行く。
昨日は子供を捨てに行った。
まだ食べられる野菜も
食べられる肉も
毎日川へ捨てにいく。
そうして部屋を空っぽにして
過ごしたいけど、捨てても捨てても
買った覚えのないものが増え
私が私でなくなっていく。

時々なにげに聞いてまわると
誰も彼もがそうだという。
大人になったら、当たり前だと。
同期の女の言うことには
旦那はちっとも捨てないから
私が私のままになってしまって

だからもう
別れるのだという。

私は夜な夜な川に出かけ
何から何まで捨ててくる。
誰にもみつからないように
海が綺麗になることを願い
自転車とかポリタンクとか
人形なんかを捨てに行く。
それらが川に落ちる音を聞くと
よいことをした気になって
安心する。

そういう気分のまま家に帰る。
大事なことは

帰り道では迷わないこと。
迷ったら最後
二度と部屋には辿り着けない。
川べりで一生を過ごすことに。
別にそれでもいいのだけれど
寧ろその方がいいのだけれど
帰り道は忘れられない、迷わず行き着き
ものの溢れる部屋に飛び込み
真ん中に、座り込む。
出掛けたときよりものが増えてて
川底よりも息苦しい。

子供はもう大分捨てたはずなのに
また増えている。
死んでしまった子もいる。
そうしたら匂いになって残り

ある段階を過ぎたら、見えなくなり
音もなく、一艘の船が近づいてきて
子供をここから引きあげていく。

盲目であることが、私の唯一の救いである。
子供を引きあげてくれる者の顔
その顔を、私はむかし
教科書で見たのだったが
もうたくさんだという顔をしていた。
私はその顔をずっと信用しなかった。
なのに結局はそういう顔に
最後は引きあげてもらうしかない。

生活の鳩尾

とても緩やかな
直線。
静止が連続した
永遠。

発生しない世界にだけ
憐憫がある。
そこでは全ての感情が
一揃いになっているから

言葉は要らない。

あなたの机と椅子が
部屋の隅に溶けて行くのを

ぼんやり眺め
私もそこに足を差し出す。
この部屋は砂時計だ。
私もどろりとした砂となって
時を刻めずにいる。

部屋の隅に溜まった光に
髪を浸して息を止め
真空を待った。
その繰り返しがひとの生活。
暖炉に炎が燃えるみたいな
あなたの腹のたるみと乳房。
その内側に内臓はなく
それ自体が内臓である美。

夏が永遠に続くと思っていた。
カラスとだって共存できると。
絵師が見る夢にだけ滅亡はあったのに。

暗い怨恨が起き上がる。

気付けば私に猿がいて
暑さ寒さを膨らますくせ
肌はぴったり閉じられたまま
笑う、眠る
黄色は耳から
逃げだしていく。
逆に赤が押し入って
誰かの産卵の言葉に変わる。

それをナイフで切り分けて
ひとつ渡すと、あなたはそれを
じっと見たのち
そっと飲みこむ。

寄り添う。

和解の時は五月だった。
靴に溜まった水を掻き出してあなたは
春がいま死んだといった。

これで幾つめの死となるだろう。
無数に咲いた紫色の花に
根元まで埋まって数を数え
鉄の地肌を泳いでみせた。
だから光って
苦笑する無人駅に私はひとり
移ろう分身の表情を見た。

一体幾つの死を知っているというのだろう。
またぎこしてきたものの数々
うなずききれない自然現象

憧れを模索し続け
精一杯の声を張り上げ
人殺しだって厭わなかった。

蜃気楼なら死にはしない。
あれは単なる入り口であり
あなたはそれを知っていた。
春は地中で腐り始めた。
死臭が私の背骨を貫き
雨は暗がりばかりに降り
私は絶え間なく炎上した。

誠に切ない花の色と
蝶の羽ばたき。
私が垣間見たものが降り積もる大地は

雨の向こう側にあった。
枯れ木になった手が蛇口をひねり
零れ出てくるものはまた命と呼べて
その死を、私は知れないだろう。

偶像が空を支配する五月に
あなたはただ
人間という言葉によって
崩れ落ちる春となり
音速にて踏みとどまる。

人間に嘘をつかせる。
嘘の笑顔を作らせる。
私は金槌と斧をふるい
長い夢を見続ける。

静かな瞑想
花を装い
茎の中で炎が揺れる
そんなしくみの
私の現在。
ものを食べ
悪癖を直さず
ただ、明るい場所だけ
恐ろしかった。
川はやっぱり
流れをとめた。

下半身を水に浸からせ
歩行を隠し
夢の続きを引き伸ばしている
福笑いじみた私の現在。
岸では猿が
林檎をかじっている。
その林檎
私がかじってもよかったやつだ。
猿は増え続け、どいつもこいつも林檎をかじっている。
金色の服を着ている。
私が着てもよかった服だ。

もうこれ以上嘘はつけない。
今夜の岩に全てを括る。

そうすれば私の死体はここでこのまま瞑想を続け
誰かが代わりに猿の手を引き
夢はそこで途切れるだろう。

海が近い。
茎に血液が流れ込み
炎は鬼火に備えている。
猿がうろたえ始めた。
波の音が私の道理と重なる。
それが嘘に戻ることはついになかった。

ノートはそこで終わっている。

ことば

あらゆる場所でひとは死に
あらゆる殺人現場は不可思議だった。
ここは私が殺人し
殺人された場所
誰にとっても有利にならない
私の後姿だけがある場所。
私は自分だけでものを考えることはない。
この文章だって
ふたりで相談して書いたものだ。
だから私はいつも独りで
死ぬほど苦しまなくてはならない。

泣く夢

強い者は消え
弱い二人だけが残った。
私もあなたも晩年だった。
残されたのは視力だけで
それでも世界の内側にいた。

色が死ぬ午後
華やいだ夢ばかり見る。
目を覚ましては
狐の嫁入りの下で泣く。
虹が出るくらいなら
死を選ぶとあなたは言った。
私は体から色を払い落とし
それでも空は
絶望的に遠く。

あなたは帰り支度を始めている。
それはもう
そういうことになるんだと。
鳴り響くサイレンも
巨大な氷となった西の空も
あなたの首筋に彫り込まれた
無数のアクセサリーも
私たちが人間である条件を
ひとつも満たすことはできなかった。

左手で掲げた私たちの傘は
心臓の匂いがぷんとして
黒い部分が
私にだって知れたところ
赤い部分は

今もあなたに
摑まれているところ。
その指先は私の痛みを探って過去に遡り
大きく平らな底の水にまで到達した。
生命を育まないその水こそが
私たちが人間である証拠だった。

記憶を失う瞬間が一番つらい。
ならば知っていることを
全部吐き出せ
私のうちにいる人よ。
美しい顔はみんな消えた。
肉を引き裂こう
生まれいずる悩みとして。
そしてどうかそれを
私の祈りと解釈して欲しい。

堕落した花火が今年も美しい。
私はマンホールの下から
悲しい気分でそれを眺めている。
結局私たちを許すものなど
何もなくて
私の死についてあなたは
何か言ってくれるだろうか。
私は悪夢の最中
肥大した言葉に肩を押され
大きな無意味をまっとうしている。
あなたはそこでもまた辛抱強く
今夜も眠らないつもりだ。

日々の続き

このように
死んだことはないのだけれど
花が枯れて色をなくし
蝶のような姿をしながら
銃声のように消えていく
その硝煙には覚えがあって
だからぼくは
一日一回以上泣く。

号泣し
咳き込んで、目を洗ったら、
たちまち首が落っこちて
待ってくれ
笑うことなく体ごと
潤うどころか空気となって
こんなところまで翼が伸びて

それが罪だと言うのなら
石以外の全てを否定しよう。

融通の利かない太陽が
ずっと殺戮を続けている。
真昼の月が見当たらなければ
世界は随分薄暗いのだ。
そのくせ秋のススキは
戯れに足元を通り抜けたり。

こんなところで丸くなって
一緒に死ねたら幸せだ。
ぼくは決して進化をしない。
そのために
命が尽きても構わない。

望郷

なんて誰かが呟き
ふて寝する毎日
血気盛んなふりをしたり
思い出に浸ったり
たくさんのひとがぼくを囲んで一斉に喋る。
新しい果実をほおばっている。
遠い国や過去の話を
ぼくはみんな知っていた。
誰もが同じようなものじゃないか。

強靭な涙に覚醒させられたひとにとって
翼などは無用だった。
記憶なんて占いと同じ

すくすくと育っていきなり折れる。
切断された指が宇宙に響き
世界中が海になるまで
ぼくは進化などしない。
たぶんそれは悲しいことだ。

祝日

今日はもう火曜日でしたから
すずらんの香りも消えていました。
あなたが差し出した一週間の始まりを
私はほとほと歩き疲れてしまって
みちくさをしながら見た絶望には
難しい方程式が重なっていました。

そこには弁当を広げた子供たちが
日曜日に置き去りにされ風化しかかっていましたから
跨ぎこそうとすると
茸のように鈴なりになって私に生えました。
どうかこの一週間が終わりなく繰り返されますよう
子供たちがこれ以上
残酷なことになりませぬよう。

出来れば豪雨にまみれながら
花を咲かせる豪胆を見せたかったのです。
だけどもすずらんですら
今日はとうとう枯れてしまって
深爪した親指が痛かったのです。
夜になってからは
容赦のないアスファルトが恋しいのです。

禍々しい雲が私に追いつき
そう簡単には済まないと忠告しました。
そのことを真っ先にあなたに報告したかったのですが
悲しい結末になるのなら
儚い夢など見ない方がいいでしょう。
美意識は軽々しく宙を舞い
ふと離れいくもの、あれは、
二人にとても大切だったものです。

方程式を崩し一週間をとおかにしました。
はつかにもみそかにもしましたが
死ぬまで続けたところで
まだ火曜日です。
そこら辺を踏まえているくせすずらんは
今日は祝日だなんていうのです。
そんなこと言ったって誰もいない、
アルコールに染まった男がひとり倒れているだけでしょうに。

そのままでいると
子供たちが群がってきました。
彼ら、壊れたものには興味津々で
私自体にはもう用がなくて
自虐的に笑う、子供たち全部が

演技するのです、精一杯体を使って。

終わらない区切りの日々というものは
いつもそういうことなのでしょう。
彼方の虹も動かずにいます。
豚の鳴き声を兼ね備えた私の浮遊機能を駆使して
エントランスまで行き着けたなら
アスファルトに頭を埋めることにするつもりです。

青鬼

巨大な地獄の釜に
ぐつぐつ煮え立った汁を
青鬼が素手で掬い取り
私の顔の上に
ぺたんと乗せた。
それを指でちょっと整え
いっちょ上がりの
脳みそつきで
この世のここに置いていかれた
私の前に
椅子がある。
椅子がふたつ並んである。
さて、
どうでしょう
と言う声は
偉い哲学者の声
はあ……

どうでしょうと言われても
どうでしょう
考えなさい
脳みそを頭にぺたんと
乗せられてきた者の義務です。
椅子は何故ふたつあるのか。
何故足の長さはバラバラなのか。
何故細かい砂にまみれているのか。
考えなさい
あなたの義務を果たしなさい。
みんな楽しそうに遊んでいるのに
なんで私だけが椅子の前で
唸らなければならないのか。
あなたには遊ぶ権利がないからです。
権利がないものは考えなくてはなりません。
だからこそ青鬼は
目も鼻も口もあるあなたの顔の上に

ぺたんと脳みそを乗せたのです。
地獄の釜の汁ならば
椅子の不条理を思わねば嘘です。
偉い哲学者の頭の上には
脳みそがちょこんと乗っている。
今にも滑り落ちてしまいそうだ。
私は思わず手を差し伸べて
脳みそはさらに滑り
偉い哲学者の顔が
ふと阿呆になる。
考えなさい義務なのです。
脳みそはずるりと落ちて
ぺちゃっとつぶれた。
なんともすわりの悪いものだな
脳みそとは
下手に喋れば落ちるのだから。
哲学者の脳みそは落ちたが

椅子はそのまま置いてある。
それはつまり
私がここに生まれてきた証拠だ。
なんでよりによって青鬼なんかの
世話によって生まれてきたのか。
せめて天狗か童子だったら
私も忘却と言う奴を
手に入れられたに違いない。
とりあえず座ってみるかと
座ってみると
隣になんとなく気配がするが
姿はない。
さて、
どうでしょう
偉い哲学者の声がする。
うむ
どうでしょうと言われても

考えなさい
考えるのもいいが
手を出しなさい
隣へ差し出した手に
感触がある。
答えなさい
偉い哲学者の声色に
すこしだけ
青鬼が混じる。
なるほどするとこの私は
この感触を知っていたのだ。
途端に私は
ものすごい勢いで喋りだす
のだが
話を聞いている者はいない。
みんな向こうで遊んでいて
日が暮れるまで戻ってこない。

それまで私は一人ぼっちで
しかし舌は止まることなく
喋り続け
喋り続け
顔の形が変わってもまだ喋り続け
これではみんなが帰ってきても
私だなんて気づかないだろう。
それでも舌は止らない。
偉い哲学者の声は
もう殆ど青鬼となって
それから
それから
それからと
私を煽るが
椅子は一向に三脚に増えない。
二脚のまんま
夕暮れを迎え

わたしの声はかすれてしまった。
それは夕日の沈む音に
酷似していたから
重なり合って見分けがつかない。
みんな疲れて帰ってくる。
私は口をパクパクする。
あたりは夕日が沈む音に
薄紅のように閉ざされている。
絶望的な眺めのなか
いつのまにか隣の椅子には
青鬼が
女の姿で座っていて
私の涙を丹念にぬぐっている。

ルージュ、コーヒー。

陽をいっぱいに浴びて笑っているあの女の子
あれはあなただ。
日陰で上半身裸になって
神妙な顔をしている男の子
あれは私だ。

向い合わせの椅子には誰も座っていない。
ルージュが落ちていて
コーヒーの匂いが残っている。
蒸し返された過去の欠片も
問いかけられた現在も
今は萎びて椅子の下だ。

私たちは近くにいることにしたが
目的も視線も別々だった。

私はそれを性別の所為にしたが
あなたは私を殺そうとし
私はあなたの内面を破壊しようとした。
それは互いに頓挫して
私はあなたを殺し
あなたは私の内面を破壊した。

私の週末。
うず高く積み上げられた黄砂を少しずつ削っていく　私の週末。
生まれついての語らずだから
群れを成して飛び去るあの渡り鳥の
僅かにあいた隙間が私だ。
テーブルは山奥にでも捨てられたのだろう。
坂の上から落とされて壊れたかもしれない。

重要な事はみんなテーブルに乗せられていて
踊る人も、笑う人も、
みんなテーブルの周りにいた。
冷たい人も、諦めた人も、
みんなテーブルに手を置いていた。
そのぬくもりをせめて
何かの役に立てられないかと
私たちは向かい合っていたのだ。

あなたは私の欲望だった。
母体から生まれ落ちたのちの私は
盲目的にあの瞳へ突進
ただそれだけだった。
残ったのは破壊され閉じられた私の内側。
割れて閉じ込められた破片が今もジャラジャラと音を立て
そんな身体で歩いていると

世界の至る所にあなたと私の姿を見つける。

ほら、あそこ、
また、あそこ。

磨き上げられた現実と空虚。
時間の継ぎ目に差し込まれた欲望。
物理的な法則を私は言い
反論するあなたの手が私の手に触れたとき
わかっていたはずのことがわからなくなった。

ブロックされた未来に私は日記を放り投げ
あなたの裸体に全てを託した。
そこに映るのが幻でなくても

あなたの嘘でも構わなかった。
構わなかったのに
受精したのはそれでもあれでもなく
だから私たちはここにいない。
だから

あの子供たちが私たちに違いない。
あの女の子の姿が私で
男の子の方が
あなたの憎んだあなたの姿だ。
その時の凶暴が蘇る。

今この瞬間なお私は何人ものあなたに憎悪され
何人もの私を憎んでいる。
その数は増える一方

コーヒーの匂いは消えず
ルージュの赤は色あせず
まるで心臓を具現化したようなそれら感情を
三日月は冷たく見下ろしている。

惑星

駱駝は私に
顔を寄せて
素敵な匂いがするといった。
熟した岩山が立つ砂漠で
私と駱駝は笑いをこらえている。
こらえながらも滝のような涙を流し
その轟音で
会話を進める。

私と駱駝の間には
濃い緑海が広がっている。
じゃぼじゃぼと入水すると
一羽の鳥が頭上を飛んで
彼もまた笑いをこらえている。
私たちの顔は太陽に照らされるたび
何度も何度も入れ替わった。

愛らしかったり、
憎らしかったり、
狂おしかったり、
話せなかったり。
駱駝はまだいい匂いがするといって私に顔を寄せる。
そして前の大陸のことなど話し
私に手籠めにして欲しいなどと言い出し
その通り手籠めにしたり。

海底の砂には宇宙が落書きされている。
伝説にも語り部にもなりたくない私たちは
星座を注意深く避けて歩き
別の大陸へと到達し
そこもまた砂漠であって
あってもなくても
駱駝と私である私たちに変化はない。

砂のずっと下に
様々な鉱石が生まれつつあることを感じる。
その鉱石のいくつかを駱駝は飲み込んで
腹の中に持っていることを知っている。
それはきっと大樹の幹に埋め込まれ
命と時間を吸収している中途だ。
大樹の生長はすこぶるおそく
砂漠の対となるもので
私たちはその鉱石に映る互いの顔を見つめている。

そのとき
私たちの窓の外は吹雪である。
雪が窓に叩きつけられ
空には恐ろしい雲が踊っている。

駱駝はこの期に及んでまだいい匂いがするという。
私の垂らした涎を甘露と言って飲み干したり。
私は出来るだけゆっくりと大樹に覆いかぶさられたい。
そのような淫乱さが地球の丸みを作り
いかがわしさが世界の仕組みを形作った。
私と駱駝は緑そのものとなり
頬を寄せ合い
とうとう吹きだし
新しい惑星についての相談を始める。

目次

コールドスリープ

著者
小川三郎《おがわさぶろう》

発行者
小田久郎

発行所
株式会社思潮社
〒162-0842
東京都新宿区市谷砂土原町 3-15
TEL 03(3267)8153(営業)・8141(編集)
FAX 03(3267)8142

印刷所
三報社印刷

製本
川島製本所

発行日
2010 年 9 月 5 日